KB083054

환한 사람

시와소금 시인선 · 064

환한 사람

장승진 시집

시와소금

장승진 시인은 강원 홍천에서 농부의 7남매 장남으로 태어나 소꼴
베고 땔나무하며 중학교 마치고 고등학교부터 춘천으로 유학했다.
강원대에서 영어교육과 영문학을 공부했으며 강원도에서 영어교사
로 근무하며 심상(1990.12) 시문학(1991.2) 신인상으로 등단했다. 시집
「한계령 정상까지 난 바다를 끌고 갈 수 없다」(1997)를 내고, 속초〈갈
뫼〉〈시마을 사람들〉 PoemCafe〈빈터〉 동인으로 활동하다 장학사가
되어 시에서 잠시 멀어지는 듯 했지만 손을 놓지는 못했다. 현재 속초
〈갈뫼〉 춘천〈A4〉〈삼악시〉동인으로 있으며 춘천여자고등학교 교장으
로 일하고 있다.

이번 시편들은 많이 울퉁불퉁하다. 첫 시집 후 20년 만에 나오는 시집이니 묶이지 못 하고 기다려준 시들에게 미안한 마음이 앞서고, 강산이 두 번이나 바뀔 만큼 세월이 지났으니 여러 면에서 부끄러운 생각뿐이다.

그동안 학교와 교육청을 오가며 바쁘게 살면서도 시를 포기할 수 없었던 이유가 무엇인지 자문해 본다. 예기치 않았던 생의 돌팔매에 맞아 비틀거릴 때에도 맨 밑바닥에서 구원처럼 다가왔던 것이 있었다. 그것이 오로지 시 뿐이었다고 말하지는 못해도 시는 내가 기대고 숨 고를 푸른 산이고 언덕이었다.

나를 떠나지 않아준 시에게 고맙다. 첫 시집을 묶을 때의 흥분은 없지만 감사하는 마음으로 나의 게으름을 덮는다.

나는 온 우주가 소리로 가득 차 있다고 믿는다. 나무도 풀도 곤충도 끊임없이 말을 걸어온다. 내가 살아 움직이고 느끼면서 받아 적는 그 말들 때문에 늘 깨어 떨릴 수 있어 행복하다. 이제부터 다시 시작하는 마음으로 말랑말랑 훨훨 날아 가보련다.

2017년 가을 입구에서
강물처럼 장승진

| 차례 |

| 시인의 말 |

제1부 마타리꽃

제2부 불타는 나무

제3부 지상의 성소에서

제4부 기억의 창고

제5부 물고기와 낚싯줄

제6부 바람의 집

해설 | 김개영

제 **1** 부

마타리꽃

관계

그대 기억 속에 내가 남아

가끔 출렁이길

내 안에 있는 그대

이따금 날 출렁이게 하고

마타리꽃

노란 마타리꽃 한 가지
가슴에서 탑니다
태풍 뒤에 찾아온
때록때록한 가을볕 속에서보단
벌레소리 가득한 밤에
더 아프게 탑니다

당신은 너무 멀리 있어
만날 수 없지만
자잘한 꽃송이 노란 등불로
내 맘 산자락마다 서 있습니다
서서 끝없이
한들거립니다

한 때 분노의 힘을 믿었고
지금 슬픔의 힘을 믿고 있듯
무더위 가고 밤벌레소리 시작되면
어김없이 피어나
내 심지를 태우는 당신

난 또한 그리움의 힘을 믿습니다

열목어

보고픈 것이
제일 슬픈 병이다
얼음물로 눈 씻으며
너는 또 우느냐

나무들만 물소리 듣고
물소리에 묻힌
네 울음소리 듣고
그래 그래 그렇지 고개 끄떡인다

슬픈 것이
제일 깨끗한 마음이다
맑은 마음자리 얼굴 하나 떠오르면
다시 네 눈동자 붉은 동백 꽃송이다

갈 수 없는 땅 그곳의 냄새 좇아
이 깊은 산골 들어
너는 숨어 운다

방울토마토

방울토마토 한 그루 심어
물 주고 섶 올리고 곁가지 따줬더니
노란 꽃 피고 작은 방울들 송이송이 달렸습니다
녹색 방울들 점점 굵어져 잠시 연주황이 되었다가
멧새알만한 주홍색 송이로 탐스러운데
한 방울 입에 넣자 입 안 가득
향기로운 즙액이 고입니다

그대 그리움 가슴에 맺혀
먼 산 바라보다가
보슬비 촉촉한 봄날 오후에 모종을 심었지요
땀방울 배어나와 빗방울과 만나고
눈물도 몇 방울 뿌리 근처에 떨어졌어요
그때 뿌리가 잡고 있는 것은 그냥 흙이 아니며
뿌리가 빨아들이는 것은
그냥 물이 아니라는 생각을 했지요

그대, 방울토마토 섶에 앉아

난생 처음 내손으로 심어 가꾼 식물을
신기한 듯 대견스레 바라보는 내 모습을
상상이나 하는 지요
겉으론 매양 딴청이지만
마음 속 보이지 않게 뿌리 묻고 자라는
내 사랑의 방울토마토 한 그루 보이는 지요

소쩍새

가을이 내려오는
갈대숲에 가서 그대 이름 불렀네
사랑한다고 목청껏 외쳤네
가슴 밑바닥에 눌러 놓았던 말들이
봇물처럼 쏟아져 골짜기에 넘치고
뿌리까지 갈대들 흔들거렸네

바람 불면
다시 갈대들 흔들리고
흔들릴 때마다 내 비밀의 말들이
온 들판 채웠네
바람이 센 만큼 더 깊이 숙이고
닫힌 그대 가슴
한 줄기 원망도 편견도 없이
고개 끄떡이기를

가을이 내려오는
밤의 갈대숲에 가서

피울음으로 내 사랑 외쳤네
달빛 이울어 안타까운
세월이 가는데

귀뚜라미에게

처음엔 너도 꽤
사연이 많은가 보다 했지
그래 어차피 말이란 허망한 거야
그냥 끊임없는 소리로
끊일 듯 끊이지 않는 단음절로
세상 모든 말들
잠재울 수 있는 거야
억장이 다 무너진 다음엔 오히려
평화로운 거야 요란한 축제의 소리에
쏠렸던 마음 제자리 앉혀놓고
눈도 귀도 떼어 땅 밑에 내려놓으면
비로소 들리는 네 울음소리
그래 어차피 사람의 말이란
불완전한 거야
마음을 사로잡던
사랑의 말마저도

죽으면 한 마리 귀뚜라미 되리

가을 오는 돌 틈에 앉아
변함없는 단음절로
몸을 갈아 영혼만 남으리
그 영혼 태워 바람이 되리

참매미 소리

그 소리
골안개 둥근 산허리를 만지며 오르는
새벽부터
강물의 입김 오르는 아침
뙤약볕 후끈한 한낮
무더위에 지쳐 후줄근한 오후에도
아니 어느 땐 후덥지근한 밤중에도
어김없이 쏟아지는

아우성 같은데 비명은 아닌
노래 같은데 무섭게 치열한
생명의 절정에서 터져 나와
자지러지듯 간절하게 제 존재를 알리는
소리들 소리들의 튼튼한 명주실

온 몸의 땀구멍마다 귀를 열고
나는 비로소 서늘해지네
명주실 끄트머리마다 책을 달아 펼쳐놓고

환해져서 강물로 흐르는
오랜 무명의 어둠들이여!

가을 은사시나무

이 흐린 가을
밤이 오는 길가에 은사시나무로 서서
나뭇잎 옷자락마다
잔뜩 부푼 바람을 안았다가
쏴르르 쏴르르 쏟아낼 수 있었으면

원망도 기대도 투정도
남김없이 비워내고 다시 으스스 몸 떠는
은사시나무로 서서
불러도 오지 않는 그대에게
환장할 수 있었으면

마르는 줄기와 벌레 먹은 잎사귀
추해지기 전에
말없이 사라지리라 작정한
깃털처럼 가벼운
은사시나무로 서서

돌아오지 않는 쓸쓸한
과거와 돌덩이처럼 매달려
마냥 거추장스런 현재와 함께 투신하여
바람을 벗고 떨림을 벗어나
조용히 썩어갈 수 있었으면
내 그리움에 복수할 수 있었으면

산모롱이 밥집

밤하늘 요요하고
바람은 소소하고
달빛이 교교한데
나 홀로 적적하다

구름길 돌아
천리 쯤 걸으면
밤 새워 등불 켜고
날 기다려 주는

가자미식혜와
고들빼기김치와
따뜻한 밥 한 공기
시원한 배 한 조각

잠시 누워 감은 눈
떠오르는 풍경

뜨뜻한 눈물 고여
그리운 식구들

전화

휴일 밤늦게 전화가 온다
미국 사시는 이모님이다
"잘 지내니?" 애절하게 온다
한 번 오면 30분을 넘기기 일쑤라
졸면서 받은 적도 있다

"어디 아픈 덴 없으세요?"
"괜찮아 다 괜찮아 약 먹으며 잘 살아"
그렇게 살아 있음을 먼저 전하신다
식구 한 사람씩 차례로 안부를 물으신다
언제나 똑 같다 다를 것도 없다

전쟁 폭격에 집이 사라진 걸 보고
어찌어찌 낯선 곳까지 가 억척스레 이어온 삶
남편 먼저 보내고 TV랑 사시니
이산가족 찾기 방송 덕에 만난 고국의 피붙이
얼마나 대견하랴 생각하면서도
내가 먼저 못 걸고 늘 받게 되어 미안타

외로움의 깊은 강
무서운 흙탕물이 흘러와 묻을까봐
눈물이 전해와도 애써 경쾌하게
"아이 러브 유 아이 러브 유
사랑해요 이모님"
"전화 안 오면 죽은 줄 알아라
많이 사랑한다 많이 사랑한다"

계월 엄마

내 어릴 적 동네에
어린 딸 데리고 나타나는
거지 어멈 있었지
다들 먹고 살기 힘들었지만
쫓지 않고 같이 얘기하며
한참씩 놀다 가곤 했는데

계월인 누구 씨냐고
은근히 물어도 대답하지 않았지
그냥 좋은 사람이었다고
슬쩍 첫날 밤 비밀을 비추기도 했는데
사람들 짓궂게 캐묻고 시집가라 재촉해도
내 힘으로 딸 하나만 잘 키우면
그만 아니냐고 심각했는데
좀 모자라도 괜찮은 여자라고
말들 했는데
계월이 어느 절에 맡겨져
공부도 잘하고 예쁘게 잘 컸다고

훗소문도 들렸는데

지금도 살아있을까 계월 엄마
문득 보고 싶다

제 **2** 부

불타는 나무

겨울 산

겨울 되면 산들은
옷을 벗는다
울퉁불퉁한 알몸 근육만으로 앉아
말없이 바람을 견딘다

사람이 죽으면
무성한
말들만 남는다

입 다문 망자亡者들 겨울 산 되고 싶어
추워도 산으로 간다

허와 실

다투어 피어나는
봄꽃 보며 나는 왠지
지난 가을 잎 떨구던 가지와
겨울 폭설에 허리 휘어지던
줄기로 눈길 간다

꽃이 붉을수록
견뎌온 시간이 모질었음을
꽃송이 온 몸으로 받쳐 들고
온 힘 모아 서 있는
널 보며 깨닫나니

꽃이여 꽃이여
우쭐대지 마라
이 세상 모든 꽃들은
세월 안고 묵상하는 줄기
가장 여린 가지 끝에서 피어난다

사명산*

산을 오르네
그대 빈 자리
그냥 빈 채로

이제 더 이상
채우려 하지 않으리
바람이며 꽃이며 쓸쓸한 취기로

사랑이 아름다운 고통인 줄
무진장한 외로움인 줄
산을 내려와
그대 세찬 눈발 속에 파묻고야
겨우 깨닫네

* 사명산(四明山) : 정상에서 사방을 환히 볼 수 있다는 강원도 양구군에 있는 산(1198m)

세심교洗心橋*

백담계곡에 들어와
밤을 기다립니다
참매미 풀여치들 울던
8월의 그늘
이젠 귀뚜라미들 세상입니다

마지막 별마저 등을 끄고 잠든 뒤
칠흑의 어둠 거울에
얼굴을 비춰봅니다
마음도 뒤집어 모두 꺼내 놓습니다
돌탑들 사이를 흐르던 물소리들
하나씩 어둠의 끈을 잡고 다가와
입을 물고 가고 눈을 물고 가고
가슴속 뱃속 뼛속까지
골골이 흘러 다닙니다

참으로 오랜만에
편안합니다

귀 하나로 앉으니

극락입니다

* 세심교 : 설악산 백담사로 건너 들어가는 다리 이름

매월대梅月臺[*]

빛나던 색을 버린
늦가을 복계산 자락
스스로 벗고 비워
성스러워진 나무들 사이
가랑잎 하나로 걸려있는 짧은 해

검붉은 비분悲憤을 폭포 아래 빨아 널고
층암절벽 위에 바둑판을 새겨 넣던 사람들아!

노래는 어디 가고
칼바람에 점점이 나는 새들
칠백 년 전 던져놓은
흩어진 바둑돌인 듯……

여기서
얼마나 더 오래 낡고 삭으면
유순해진 바람결
달빛에 매화꽃 벙그는 봄

무심無心으로 기다릴 수 있을까?

*매월대 : 철원군 근남면 잠곡리에 위치한 조선 초 생육신 매월당 김시습과 8현인들이
  은거하였다고 전해지는 곳임

여름, 강촌에서

기다리던 그녀보다
비가 먼저 왔다
자전거 길로 황토물 흐르고
추억 돌멩이들이 쓸려 내려갔다

벽면 가득 메운 사랑의 약속들
술렁이고 흔들리던 젊음도 가지만
그래도 나는 안다
비바람 영혼 깊은 동굴 지나
살아 터져 나올 기적소리

그녀는 떠나고 비는 내리고
새로 지은 플랫폼 창밖에서
들고양이 한 마리
소나기 같은 햇살 꿈꾼다

불타는 나무

우리는 가끔
누워서 침을 뱉는다

그러나
누워본 적도
다녀 본 일도 없는
너는 조용히 그냥 서서
바람도 눈비도 상처까지도
받아들인다

너는 불평하지 않는다
너는 날뛰지 않는다
너는 속이지 않는다
너는 이용하지 않는다
너는 자랑하지 않는다

그러나 너는 이 가을
아름답게 불타오른다

낙산사여

새들이 피할 사이도 없이
불꽃들은 빠르게 왔다
민첩한 혀로 물오르는 참나무 새순을 핥고
거대한 소나무 숲 성벽을 넘어
마침내 오래된 서까래 푸른 단청을 삼켰다

휘발유를 한 모금씩 물고 있던
솔잎들 일제히 폭죽을 터뜨리자
대웅전 대들보가 금세 벌개졌고
묵묵히 걸려있던 동종에선
파란 연기가 올랐다

해수관음보살이 열기에
바닥 돌 터지는 걸 빙긋이 바라보고
동해 용왕도 바람을 보내 축하해 주었다
불붙은 원통보전 아름드리 기둥이
넘어지며 벽력같은 소리를 질렀다

서기 이천오년 사월 오일 식목일
목마른 사람들이
TV중계로 지켜보는 가운데
너는 그렇게 세상의 불꽃들 모아
아낌없이 자신을 태웠다

은빛 울산바위

어제 저녁엔 겨울비가 내렸다
바다에서 올라온 해룡이
밤새 설악을 어디론가 데리고 다녔나 보다
이불 속에서 늦잠을 만지며
가는 한 해를 아쉬워하고 있을 때
은빛으로 변신한 울산바위는
동해의 어둠을 쓸어내고 있었다

뒤엉킨 욕망의 뿌리들이 가끔
비질에 쓸려 나왔지만
반짝이는 봉우리의 눈부심엔 대적할 수 없었다
탱탱하게 부풀어 오른 눈꽃들로
장엄하게 포진한 소나무 군단의 호위
하늘에서 강림한 듯
뿜어 나오는 위엄

속절없는 세월이 갔다
드라마틱하게 드라마틱하게

그러나 조용하게 이룩한 변신
얼마나 뜨거웠을까
차갑게 좌정한 은빛 울산바위

하얗다

검은 구름이 한참을
깔고 앉아있다 떠난
겨울 산 봉우리
하얗다
무슨 일이 있었길래
저리 눈부실까?

계속해서 밀려오는 검은 파도
당혹과 분노와 수치감이
묘하게 뒤엉켜 인격을 시험한다
TV를 끄고 눈을 감는다

보험금을 타내려 잘라 버린 피 묻은 손가락들이
잠 속까지 밀려든 우그러진 파도 사이를 떠다닌다
"종말이 다가왔다" 세기말의 외침소리가
대지진의 예고처럼 가슴속에 쿵쿵 울리고
20층 옥상에서 좌절한 사람들이
검은 비닐봉지처럼 떨어져 내렸다

치약을 듬뿍 묻혀 양치질을 끝내고
세수를 한다 차라리 모든 걸 벗고
저 꼭대기 겨울나무 끝가지가 되고 싶다
검은 구름 속에서도 눈부시게 태어나는
그 비밀을 알고 있는

요즘 통 잠이 잘 안 온다시며
"이젠 갈 때가 됐나봐"
그냥 웃으시는
옆집 할아버지 머리도
하얗다

가을, 강촌에서

검봉산 단풍나무 불 붙어
강물로 내리 달릴 때
강촌역에서 쏟아진 금붕어들 펄떡이며
구곡폭포 타고 거슬러 오른다
문배마을 가득 넘실댄다

서로의 추억을 간질이며 행복하다

목마름까지도
봉화산 능선 곰삭은 햇살로 익어
더욱 붉어진 얼굴
마침내 하나 둘 둥근 낙엽에 싸여
하늘 고추잠자리 꿈꾼다

제 **3** 부

지상의 성소에서

응시

조드푸르에서 우다이푸르로 가는 버스 안에서
미간에 붉은 점 크게 찍은 인도 여인이
나를 바라본다 그녀의 큰 눈이 내 심장을
머리에 푸르고 붉은 두건 쓰고 오랫동안

내 마음의 중심을 환히 내어준 느낌이다

열차 침대칸에 누워 삼킬 듯 쳐다보던
남자의 눈도 그랬다
어릴 적 함께 마주보던 그 소의 눈이다
말 한 마디 없이도 나는 말 하지 못한

내 부끄럼들을 털어놓지 않을 수 없었다

감시카메라보다 훨씬 많은 세상의 생명들이
눈 뜨고 날 바라본다 나무도 새도 꽃도

정말 잘 살아야겠다

시차 적응

어떤 안경 쓰고 세상을 바라보든
몸은 자유로이 시공을 넘나드네
태양이 머리 위에 있든
비스듬이 누워 눈을 찌르든
시간의 경계는 견고해 보이네

구름바다 위에서
밥을 먹고 잠을 자던 순간들이
내 몸의 시계바늘을 잡고 늘어져
헷갈리는 시간 속에 있어도
두렵지 않네 새초롬 실눈 뜨고
흔들리는 세상 가치의 가지들 보네

이대로 흐르고 흘러 차이가 무의미해지는
영원에 닿을 수 있을까
멈춰 일상으로 돌아가지 않고 차라리
철새의 날개로 변해 계속 갈 수 있을까
가다가 가고 있는 자신마저 잃어버려
그냥 행복할 수 있을까?

안개 호수
- 춘천 생각 3

늘 외로운 호수는
키 큰 나무들 키우고
바람을 부르고
놀다가 놀다가 다시 외로워
안개를 만듭니다

깊어질 대로 깊어진 안개가
아직 벗겨내지 못한
심연을 향해 뭉클뭉클 다가서고
그 안개 속에
색이 다 바랜 절집 하나
외거꾸로* 떠돕니다

나는 호숫가에 서서
나무들처럼
낮은 노래를 부릅니다
내 가슴을 뚫고 나온 안개가
내 노래를
호수 속으로 끌고 들어갑니다.

* 외거꾸로 : 거꾸로 뒤집혀진 상태로

카리브 소나무*

아득한 카리브해에 떠있는
동경하던 섬나라 쿠바까지 왔네
둥근 산 밑 붉은 땅에 농부가 밭을 가네
멋진 뿔 무소 두 마리에 연장을 얹고
긴이랑 따라 가는 그림자
소들이 바라보는 골짝너머엔
구름 위에 시를 쓰는 사람이 있네

혁명의 붉은 깃발 몇 번을 펄럭였어도
푸르게 자라나는 담배 잎들처럼
햇살 따라 일 나가고 노을 따라 돌아오는
주름살 아름다운 예술가들 있네
숙성된 잎을 말아 시가를 만드는
익을 대로 익은 장인들 있네

옥색 바다를 등지고라도
비냘레스* 가는 언덕 소나무로 서서
그윽한 계곡 빛나는 밭이랑과

정겨운 산 어깨에 푸근히 기대어

내려오는 붉은 이불 덮을 수 있다면

짧은 인생도 서럽지 않겠네

혼자서라도 외롭지 않겠네

* 카리브 소나무(Caribbean Pine): 쿠바 등 중미지역에 분포하는 소나무
* 비날레스(Vinales): 쿠바의 태고적 아름다움을 지닌 시골 마을로 시가(cigar)주산지

지상의 성소에서

지나온 길과 가야할 길
그리고 나이 들어가는 현재의 내 모습을
잠시 생각하네
정직하게 이 세상에 대하여
사심 없이 내가 가진 것에 대하여
만남과 이별에 대하여
사랑에 대하여
엄숙함과 경박함
또는 웃기는 일에 대하여

종종거리는 발걸음으로
왔다가 사라지는 사람들
그들의 힘겨운 배설을 감춰진 불안을
말없이 받아주는 지상의 성소에서
나는 잠시 생각하네
흩날리는 눈발 같은
내 존재에 대하여

기억의 플러그가 뽑혀진
터미널 화장실에서

길모퉁이

새파란 배추잎 앞면
보드랍고 매끈한 곳을 두루 돌아다니며
구멍 뚫어놓고 초록 똥 싸놓던 배추벌레
언젠가 배추잎 뒷면
어두컴컴하고 까칠한 곳에 옹그리고
가만히 죽어있는 걸 본 적 있다

일주일 전 나는
펄펄 끓는 이마에
주먹만한 쇳덩이 추를 주렁주렁 매달고 있는
자리틀 모양을 하고 부다페스트로 날아갔었고
분에 넘치는 클래식 음악을 들으며
쩔렁쩔렁 몰락한 왕궁 사이를 걸어 다녔다

평시와 다른 모습을 하고
다른 음식을 먹으며
구름을 밟는 듯 들떠있던 시간들이
지금 이곳에선 선잠 들어 꾼 꿈같다

여행은 그러므로 발명하는 일이다
색다른 내 모습을 창조하는 일이다

다시 상주는 어이어이 곡을 하고
나는 잠시 소주 몇 잔에 취해
벽에 기댄 채 건너다본다
화투놀이 하며 떠드는 사람들

어디에서 태어났는지 모르는 배추벌레 한 마리
배추잎 앞면에서 뒷면으로 넘어가는
환한 곳에서 어둑한 곳으로 건너가는
그 길고도 짧은 길모퉁이에서
누구는 울고 또 누구는 웃고
누구는 하염없이 바라보고 있다
색다른 침묵의 육중한 가벼움을

활래정活來亭*에서

삼백년 묵은 소나무 가지가
바람결에 날아 온
눈꽃 한 송이 무게로
뚝 부러졌다

그대 연꽃 같은
사랑의 말로
내 가슴 속 빗장을
그렇게 부숴다오

참을 수 없는 무게를 견디며
소나무는 생각했을 것이다
언제 놓아줘 버릴까
아주 짧지만 긴 순간

그대 내게 흘러와
나를 적시고 나를 풀어다오
그 봄날 배다리 집 뒷산에서

가지를 놓아준 소나무처럼

묻어둔 돌을 씻어

시원하게 내려 놓아다오

* 활래정(活來亭) : 강릉 선교장(배다리집) 정원의 연못 가운데 세워진 누각 형식의 정자.

나무 여행

화사한 양양 왕벚나무
산 비알 정선 구절리 소나무
잎 떨구는 양평 용문산 은행나무
속 깊은 제주 비자나무 숲을 만나고 왔네

나무들이
걸어 다닐 수 있다면
그런 날이 온다면
나는 미련 없이 이 세상을 떠나리
그들마저 어떤 목적으로 이리저리 몰리거나
따스한 집 속에 머물기를 택한다면
더 세상 살맛이 있으랴

이 땅에 붙박여 선 채로
초록의 경문을 외우는 이들이여
그대 고매한 기도자들이 흔들린다면
그 어떤 종교가 소용 있으랴

길 위에 서서 길을 돌아보며

우린 하찮은 존재를 함께 깨달아가나니……

케냐의 노래

잠보, 잠보 브와나 하바리 가니? 은수리 사나!
와게니 와카리 비수아, 케냐 예투 하쿠나 마타타~

아프리카 케냐에서 듣던 선율 맘에 들어
"정말 좋아 걱정 말아" 느긋하게 위로하는 가사도 좋아
출국 길 공항 면세점서 물어물어
CD 한 장 사왔는데

그 노래 가락에 엘레라이 마사이 부족 넓은 평원과
가지 끝에 집 짓는 새들의 단잠과
초원 흘러 다니는 소와 염소 톰슨가젤 임팔라들
360도 열려있는 하늘에서 온갖 형태로 변하는 구름
함께 떠올리며 꽃들 바람 불러들여
한바탕 놀아보고 싶었는데

소똥집서 자고 나와 파리 얼굴 한 아이들과
검은 파리 빠지는 뜨거운 차이* 마시며 바라보던
붉은 일출 다시 음미하고 싶었는데

소리가 없네, 공 CD였어!
가지고 다니지 말고 더 이상 기억 말고
잊으란 걸까 그토록 그리우면
다시 한 번 오라는 소리 없는 외침일까?
기억 속에 더 크게 울리는 노래

* 차이 : 현지어로 "차(茶)"를 뜻함

시베리아 횡단열차를 타라

물안개 이불 덮고 잠자던 대지가
꿈틀꿈틀 깨어나는 걸 본 적 있는가
자명종 소리처럼 퍼지는 햇살이 순백의 자작나무들 스치면
이파리들 흔들며 화답하여 일어나는 끝 모르는 숲속에서
말갛게 얼굴 내미는 색색의 들꽃 천지 꿈꿔본 적 있는가
칠팔월을 건너뛰는 시간 속으로
쉼 없이 내달리는 열차 난간 잡고 서서
쏟아지는 사랑노래와 반짝이며 흩어지는
슬픔 파편들 만나본 적 있는가
묵묵히 밤 들판을 달려가는 길고도
강인한 짐승의 갈비뼈를 베고 누워
그렁그렁 눈물 맺혀보고 싶은가
인생의 파노라마 한 장씩 넘겨보며 새 길을 찾아보고 싶은가
친구여, 그렇다면 주저 없이 시베리아 횡단열차를 타라!
흔들리며 가는 수많은 사람들의 숨겨진 노트를 읽으며
내 인생의 노트에 무엇을 적어갈지 생각해보라
붉은 노을이 지친 대지를 어르며 잠재워
어떻게 다시 말갛게 세상에 내어놓는지

친구여 한 번쯤은 손 잡고 흘러가며 천천히 바라보자
이윽고 이르쿠츠크 역에서 내려 에반차이 붉은 꽃길 달려
바이칼을 만나보자 알혼섬 부르한 바위에 올라 하늘을 우러러보자
역사의 격랑에 밀려 이 열차를 타고 내렸던 선배들
그들의 얼굴을 찬찬히 떠올리고 느껴보고 울어보자
블라디보스톡에서 모스코바까지가 아니라
부산에서 유럽으로 직행하는 날을 그려보며
그대여, 시베리아 황단열차를 타라
들판의 꽃과 나무들 읽어내어 숲으로 깔고
만나는 사람들 읽어내어 밤하늘 별들로 심자!

북한강 자전거길

풋풋한 바람이 온다
몽실몽실 안개구름 이불 덮은 산들 온다
백로 한 쌍 산책하는 호수가 온다
훅훅 배추밭 거름냄새 지나간다
벚나무 가로수 둥치 매미소리 지나간다
일어서던 불면의 앙금들 휙휙 지나간다
달맞이꽃 지나고 마타리꽃 온다

인생 바다 젓던 팔로 핸들 누르고
힘들다 빈 깡통 후려 차던 발로
사뿐사뿐 작은 페달 밟는다
돌고 돌며 둥글어가는 세상
구겨진 길을 펴면서 나간다
언덕을 만나면 언덕에 절하며
한 무리 바퀴들이 하늘로 들어간다

제 4 부

기억의 창고

살살

문어는 제 살을 끔찍이 아껴
바늘에 살짝만 걸려도 뛰쳐나가지 못하고
결국 낚시꾼에게 끌려와 잡힌다는데

죽으면 결국 썩어질 살
흙으로 돌아갈 살
상처가 오면 상처로 감싸고
살이 박히면 살로 껴안고
입김 호호 불며
살아보세 살살 달래며

살살 쓰다듬어 주세요
살짝 손 잡아주세요
살살 달래주세요
살고 싶어요
살려 주세요

개구리 울음
— 춘천 생각 · 1

물 많은 도시를 아는가
오랜 동안 물에 둘러싸여
거의 물이 되어버린
깨끗함의 환상
조건, 속박, 명령, 분노
그리고 깨끗함의 치욕까지 경험한
사람들과 나무 이파리들
안개로 서리로 얼음으로 몸 바꾸며
서 있는, 가끔씩 탱탱해져
굉장한 꽃송이라도 터뜨릴 것 같지만
이내 바람에 나긋나긋해지고 마는
시냇물 같은 눈동자를 아는가
한강 홍수통제소가 떠내려가다
잠수교 허리라도 다치게 한다면
큰일 날 일이라고 장맛비도
호흡조절하며 내리는 곳
그 곳에 기관지를 앓고 있는
성장을 멈춰버린 양서동물을 아는가

얼핏 노래로 들리는
질긴 그의 울음을 아는가

온의동 바람
— 춘천 생각 · 2

온의동에서 난
늘 따뜻함이 그리웠다
타다 꺼진 연탄 밑에 숯덩이 몇 개 넣고
책받침 열심히 부채질해 밀어 넣던
간절한 바람

냉방에 누워서도 난
그 바람을 생각했다
손을 부비며 쓴 편지들이
그 겨울 눈을 타고 하늘로 가고
난 그 말들이 이듬해 봄에
꽃으로 내려오기를 빌었다

그런 어리석음으로 난
이제껏 시를 쓰고 있다
얼음장 터지는 소리 쾅쾅 들리는
인생의 어느 고비에서도

그 바람으로 다시
따스해질 수 있음을 믿기에

진달래꽃

바야흐로 사월 중순
칙칙하던 산허리에 연분홍 꽃 천지
도대체 어디에들 숨었다 나오는 걸까

늘 이맘때가 할아버지 제삿날
6.25 때 돌아가셔 얼굴도 모르고
작은 삼촌 닮으셨다 얘기만 들었는데
얼마 전 날을 잡아 뼈를 수습하여
할머니 산소 곁에 옮겨 드렸지
그래서 이런 생각 드는지 몰라

난리 통 돌림병에 사람들 쓰러질 때
모자母子가 하루 차이로 떠나셨으니
장례인들 온전히 치를 수 있었을까
상주인 내 아버지 군대 가 생사 모르고
행여 돌아올까 달포를 더 머물다
마지못해 떠나는 초라한 상여
아마도 온 산허리 진달래들이

까치발로 서서
여린 손 흔들며 배웅 했으리
골짝 끝까지 출렁이는 연분홍 함성

자화상

세 살 때인가
경기驚氣로 깨어나지 못해
십리길 찾아간 침쟁이도 포기하여
날 새면 묻으려고 비탄 잠겨 있을 때
밤을 도와 찾아든 체 장수가 건진 목숨
저렇게 용해빠져* 어찌 세상 살겠느냐
걱정 참 많았다는데
가슴 복판에 눈물 많은 나무 한 그루
머리는 북두에 얹고 팔은 바다를 안고
늘 쏘다니는 바람을 꿈꾸는 사내
강물처럼 말랑말랑 훨훨
흐르다 흐르다 노래가 되는지
두드리다 두드리다 원숭이가 되는지
결국 아무에게도 짐은 되지 말아야지
불면 부는 대로 날아가다가
사라진 바람결에 냄새라도 남건말건
거울 속에 안경 쓴 크단 눈 하나

호기심 그득한 눈망울 하나

* 용하다(庸~) : 성질이 순하고 어리석다

나이

가사 바꿔 노래 부르기에서
조용필의 정이란 무엇일까 곡조에 실어
나이란 무엇일까 먹는 걸까 잊는 걸까
잊을 땐 꿈속 같고 먹을 땐 안타까워
눈 감고 부르던 친구

그 친구 혼자 길 걸어가는 모습
차 안에서 신호 기다리며 본 적 있네
퇴직했다더니 걸어가다 잠깐 멈춰
안경 올리고 휴대전화 들여다보다
다시 가는데 발목 아픈지 가끔 절룩대며
약속 문자를 재확인 하려는 걸까

아직 눈 밝을 땐
마음이 늙는 게 더 문제라고
희망 없어지고 호기심 사라지면
젊었어도 늙은 거라고 목소리 높이더니

같은 생각으로
잘 살겠지?
차창 내리니
무심한 척 스쳐 지나는
평생 늙지 않는 바람

버릇

젊은 엄마와의 추억은 짧다
그러나 강철같은 기억
어금니가 자주 아팠던 엄마는
참을 수 없을 때
마른 호박 줄기를 말아 피웠다
철모르는 나는 신기해하며
"그럼 괜찮아?" 묻곤 했다
"그럼!"

엄마만 생각하면
괜히 눈물이 난다
마음껏 웃고 싶을 때도
늘 손으로 입을 가리더니
나이 마흔 일곱에
틀니 하나 벗어놓고 가셨다
흙집 속에 그걸 도로 넣어 드리며
고통이 뭉쳐진 모양이
바로 이런 것이라 생각했다

양치질을 하고 나서

거울에 입을 비춰 볼 때마다

난 씹어야 할 하루의 고통을 생각하기보다

웃고 싶을 땐

마음껏 웃자고

다짐하는 버릇이 생겼다

파편들

삶의 현장이
자리가 되고
흔적이 되고 기억이 되는 과정은
의외로 간단하네

오히려 갚지 못할 부채負債처럼
거추장스러운 건
자질구레한 잡동사니와 추억의 파편들

한 때 반짝였을 순간이여
어디로 이동 중인가
속눈썹 같은 떨림이며, 피어나던 꿈이여
어느 주소지로 떠나 버렸나

딱지 붙어 나앉은 옷장과
뭉텅뭉텅 쌓이는 쓰레기 자루들
날도 흐리고 비도 올 것 같아
남은 생이 쓸쓸해 보이는

주말 오후

지상에 머물던 웃음과 눈물
하염없는 얘기들이
구멍 숭숭한 기억의 비닐봉지에 담겨
마지막 인사를 하는데
투박한 술잔이 자꾸
체머리 흔들며 뒤집어지는데

눈 감고 지낸 오월 하루

새벽 뻐꾸기 소리

톡톡 튀어 다니는 새 소리

수탉 우는 소리

개 짖는 소리

소 울음 소리

차 소리

사람 소리

테레비 소리

(싸우는 소리 우는 소리 소리치는 소리)

별 헤는 개구리 소리

또 밤참 먹는 개구리 소리

"어머나 이 아카시아 향기!"

감탄하는 소리

소근대는 소리

소쩍새 소리

엎드렸던 바람이 뒤척이는 소리

촉촉한 빗소리

가슴 가득
강물소리

수수떡

사람이 죽으면
아까운 기억 재주들
모두 어디로 갈까
무덤에 풀잎 되어 자랄까
공중에 새 되어 날아다닐까

문맹에도 빛나던 할머니의 기억들
고개 숙인 수수이삭 되었을지 몰라
어릴 적 열 살까지 잊지 않고 해 먹이신
생일날 액막이 붉은 수수떡

오늘처럼 파란 하늘 아래 서면
나이 한 살 더 먹으면
뱃속 깊은 데부터
왜 이리 꿈틀대는지 몰라

이 세상 언저리 남아있는 내가
풀잎보다 새들보다

잘 살고 있을까
누구에게 추억될
수수떡일까

기억의 창고

할머니 치마 앞으론
평생 두드리고 비벼 빤 빨랫감들이
그 더러운 물이 가득 흘러갑니다
설거지 그릇이며 긴 사래 엎드려 김매던 조막 호미
장사하러 오르내리던 삽다리 고개 광주리들
올망졸망한 자루들 이웃들 동기간들
그 원망 미움 측은함 동정심
다들 입 속에 사연을 담고
터질 듯 부풀어 함께 떠내려갑니다

할머니 기억의 창고 속에는
아직 잊지 못할 고생들로 빼곡합니다
그래서인지 틈만 있으면 술 술 술
옛 얘기 쉴 새 없이 흘러나옵니다
너무나 선명해서
다른 일하며 듣는 둥 마는 둥 하는데도
가슴이 저려옵니다

그리 오랜 세월 빨았는데도
색도 빛도 바래지 않은 기억들
그냥 다 털어놓으시라고
난 말없이 듣고 앉아 있는데
앉기만 하면 잠드시는 가벼운 몸인데도
할머니는 그 서러운 기억들 위에서
살아 힘을 추스립니다

가기 싫다

초등학교 사학년에
사명산 오를 땐
눈 쌓인 산등성이 바싹 따라 붙었고
칠월 태백산서 장대비 만났을 땐
길을 삼킨 계곡물 위 붉은 리본 표시 찾아
사슴처럼 내려오며
아비 안심 시키더니

바쁘게 먼 길 찾아 떠난 아이야
아카시아 꽃향기 풍기는 오월
결혼식장 아비 옆에 늠름히 서 하객 맞는
친구의 그 아들이 너인 줄 알았다
좋은 날 늙어가는 내 옆을 지켜 줄
너였으면 하고
목이 메었다

젓가락으로 국수 가닥 말아 넣으며
생각 말자 생각 말자 타이르지만

신부가 예쁠수록 축복이 넘칠수록
괜히 왔나 속 좁은 후회가 오니
친구 아이들 결혼식 가기 싫다

마음 셔터를 내리고
생각 보따리 동여 매놓고
낮술 한 잔 하는 게 옳은 일인지
일부러 콧노래 흥얼거리며
터벅터벅 걸어서
돌아오는 길

그해 봄 아지랑이

봄이 되면 나무들도 술을 마시네
하얗게 노랗게 빨갛게
색색으로 벌린 입술로 술을 마시네
갓 나온 풀대궁들도 아침부터 취해
한결같이 구슬픈 노랠 부르네
기쁜 일이 폭포처럼 쏟아질 것 같은
왠지 그런 햇살 속인데
목울대가 부풀도록 서러운 것은
몰라 그래서 바람이 부는지도 몰라

봄이 되면 돌들도 술에 취하네
바보처럼 멀쩡한 물들만 흘러
섞여드는 슬픔의 농도를 헤아리지 못하네
새 새끼들까지 지겹게 울어 울어
메마른 대추나무에 잎이 돋고
초여름 훈풍이 밤꽃 냄새 지천으로 뿌릴 무렵까지
모두들 엉망으로 취해 있네 있어야 하네
취해서야 지랄 같은 봄의 뿌리가 질긴 줄 깨닫네

흔들리며 가는 세상이라고
노여움도 흔들리다 햇볕 속에 잦아들거나
빈 어스름 베고 산허리에 기대면
몰라 그렇게들 잠드는지 몰라
눈뜨면서 잊으면서 사는지 몰라
봄이 되면 나무들도 풀대궁도
하물며 돌들도 술을 마시네
술 취한 입술들 일제히 벌리고
파도 소리처럼 우레 소리처럼
들을수록 눈물 나는 노랠 부르네

제 5 부

물고기와 낚싯줄

볕

웃으려면
함께 모여 흐드러지게 웃자
봄날 아지랑이 율동에
떼로 피어나는 조팝꽃처럼

이빨 하얗게 웃자

봄이니까

이월

언 자작나무 끝을 물고
바람이 고양이 소리를 낸다

걷잡을 수 없는 속도로 그렇게
천년의 겨울이 나부껴 가고
둥근 감옥 같은 어둠에 갇혀
몇 겹의 벽들 그 두터운 껍질에 대고
누군가 힘차게 발길질을 한다

이 뼈근한 사지四肢의 통증

얼음의 골짜기를 돌아 나온
햇살의 이파리들이 떨리면서
가벼운 신음소리를 낸다
한 쪽 눈을 감은 채 엎드려 있는
허리 굽은 나무 곁으로
숨소리 같은 바람이 지나갔다

"살아있는 것들은 다 모여라!"

초록 손수건을 앞가슴에 단
씨앗들이 설레며
세상의 학교로 나갈 준비를 한다

그 저녁

결국
한 순간인데
단 한 줄로라도
기록되기 쉽지 않은 삶인데

비 맞아 툭 떨어지는
썩은 새끼줄 같은
그런 인연에 매달려
살아온 것 같다고 했다

사람들 사이 길들을 묶어내
함께 가는 길 만들어 보려고
애써 왔건만

결국
남은 건 혼자였다고
인간은 본래 혼자인 것 같다고
눈발이 조금씩 날리던

그 저녁 소란스런 자리에서
그는 취하지 않았으면서
취한 듯 말했다

중독

흰 민들레 간에 좋다 장복하다
간암으로 먼저 간 사람
새벽 산에 올라 소나무에 등 부딪히기
하루 천 번씩에 허리 병 얻은 사람
그럴듯한 이유로 우린 모두
어디엔가 무엇엔가 다소간 빠져있다

하루에 2만보를 걸어야 된다고
다짐하는 사람은 다 걸어야 맘이 편하고
그 수모와 핍박을 견디면서도
담배 한 대 피워 무는 행복감으로
구름 위를 산책하는 사람들 있다

몸과 마음이 손에 손 잡고
오래도록 은밀하게 내통하여 저지른 죄
지은 집, 만든 생물, 드넓은 세상
목숨마저 가벼운 멈출 수 없는 즐거움
내성이 생겨버렸어 금단증상도 있어

덕분에 더 나이 들 수 없는지 모른다
내 몸에 내 맘에 아로새겨진
당신, 그 달콤한 흔적들 때문에 나는
찬 이슬 비끼는 언덕에 서서
언제나 기도를 멈출 수 없는지 모른다

이발

봄비 추적이는 날
동네 이발소에 내가 앉아있네
안경 벗어놓고 눈 감은 사내
눈처럼 내리는 희끗한 머리칼
축축한 빗소리 베고 잠시
다른 별에서 아득해지는 사이

생각은 불어나 강물 되고
솜털 끝마다 비명을 매단 채
견고한 바위벽 기어올라
온 생애 물에 헹궈 쥐어짜며
허우적대는 사내가 보였네

사명使命 따라 살고자 했으나
욕망 따라 살아온 날들
사정없이 젖어버려
햇볕에 널어 말리자 한다네

참회여 어떤 색깔이더냐
남겨진 머리칼 가지런히 쓰다듬어
염색을 거부한 봄비 내리는데

백로

올 여름은 무덥고 비가 많아
주먹만한 감자들이 다 썩었습니다

내일은 백로
늦은 밤 학교 운동장에 나가
별을 봅니다
여기는 외딴 동네라
별이 참 굵습니다
굵기만 한 것이 아니라
때글때글해서 좋습니다

썩지도 않고 매일 자라나는
희망을 꿈꿔 본 사람이라면
죽을 때 가슴에서 별이 쏟아지는
그런 삶을 살고 싶다면
부디 와서 보세요

혹시 별들과 함께 잠들면

약속할게요
밤새 그들이 슬어놓은
아침 햇살 속
때글때글한 이슬방울들

정선 카지노

정선엔 밤이 없다
고생대 캄캄한 고사리숲이 매몰되어
더욱 캄캄한 석탄층이 될 때부터
산들은 빵처럼 부풀어 일어서고
아무도 잠들지 못했다

정선은 막장이다
선비들 유배되어 보퉁이 하나로 돌아들고
누군가 시작한 아라리가 골짝마다 넘쳤으나
막장에 이른 사람들이
끊임없이 더 깊은 막장을 원했으므로
아무도 그 깊이를 모른다

욕망의 끝을 만져보려거든
해발 천이백의 백운산 자락으로 가라
안개 속에 앉아있는 마법의 성에 들어
바카라 블랙잭 룰렛 빅휠
다이사이 테이블에 줄담배로 기대서서

슬롯머신 당기는 손들을 보아라

정선엔 밤이 없다
아우라지 흘러흘러 별들을 씻고
씻긴 별이 너무 밝은지
느린 노래가 너무 슬픈지
이제껏 아무도 잠들지 못한다

물고기와 낚싯줄

한글 배운지 3개월째인
노총각 산제옌씨는
'줄' 을 자꾸 '술' 이라 쓴다
계속되는 채근에 너무 신경을 썼는지
언젠간 '솟' 을 '좃' 이라 썼다

선거 때마다 술집에선
줄 얘기만 줄줄 새고
줄 못 잡은 어떤 인사는
요즘 매일 술이란다

지도를 펴놓고
가만히 들여다보면
길들이 줄로 보이고 강도 산맥도
모두 줄로 보이고
이런 순전히 속물인 나를 향해
끊어버려 잘라버려 눈 부라리며
팔뚝질도 열심히 하다가

차라리 이 땅을
떠나버리자 고함 치다가
낚시줄에 걸려 올라오는
등 굽은 물고기가 앓아온
큰 병을 생각한다
그 끈질기고 오랜

세상에서 가장
— 어느 실직자의 신행

열대우림 속
덩굴식물에 기생하는
세상에서 가장 큰 꽃
라플레시아*
주위에 진동하는 썩은 생선내
떼 지어 몰려드는 금파리들

그랬어
돈돈돈 돈돈 돈
무슨 암호를 전송하듯
주문을 외듯

살아온 일터를 떠나
숲을 헤치며 다니다 만난
노랑제비꽃 한 무리
피붙이처럼 반가워
주고받던 그 아침의 눈인사
작지만

세상에서 가장 밝은 꽃

* 라플레시아(Rafflesia arnoldii) 동남아 정글에 자생하는 기생식물. 버섯모양으로 잎이나 줄기 없이 꽃만 지상에 나온다. 꽃은 지름 1m 이상이고 꽃이 피기까진 1개월 이상 걸리는데 3-7일 만에 져버린다. 꽃에선 악취가 나는데 이 냄새로 곤충들을 유인하여 수정한다.

어느 재두루미
— 자살한 실직 가장에게

내 깃털은 잿빛이네
흰빛도 검은 빛도 아닌
한 때는 원색을 꿈꾸기도 하였네만
내 삶은 잿빛이네

인생의 길 찾기
깨끗한 하늘 날고 싶은
목 축일 물과 몇 톨의 곡식 얻는 일 빼곤
대부분의 내 노동은 길 찾기였네
포악한 바람 등 떠밀 때마다
터뜨릴 분통마저 끝내 삭이며
부박한 현실의 그물을 헐고
슬픔의 등 토닥거리며 왔네

잠시였네
아직 손끝 시린 봄 햇살 한 자락
꽃다지 노란 꽃 자잘하게 피워내는 일처럼
기적 같은 기쁨도 이윽고 풀어지고

그렇다네, 돌아보면
잿빛처럼 가슴 아픈 색깔 있을까

강 언덕 따스한 곳
볕을 가득 품은 가슴팍 솜털들이
지나는 바람에 멋모르고 일어서네
한 모금 독약이 남겨놓은 남루監樓
떠나는 영혼만 하늘 닮았네
흩날리는 깃털들
영문을 모른 채 그대 몸은 삭아가네

강물 소리
– 춘천 생각 4

서로의 가슴 안에서 우린
서로를 부르고 있었네
당신은 떠나고
난 나마저 잃어
절규의 끝에서
슬픈 듯
명랑한 듯
저무는 강물 소리 되었네

가장 절실할 때 우린
서로의 신이 되어주지 못했네
그렇게 하염없는
후회가 흘러
눈물의 하류에서
아픈 듯
고운 듯
조약돌 물 무늬 되었네

가을꽃

가을이라서

꽃이라서

마음 한 켠

짠한 그대

제 **6** 부

바람의 집

봄비 속에서

간절한 눈길로
그대 바라보는
한 사람 있다면
힘껏 살아야 한다

풀꽃에게라도
눈길 정성 주며
살아봐야 한다

젖은 눈길로 나를 바라보는
저 초롱한 잎사귀들 보아라
살아보려고
모질게 들어올리는
저 순결한 모가지들을 보아라

홍수

끈질긴 욕망과 갈증의 아가리
분풀이하듯 비가 내린다
쿨럭이며 수 천 개의 마른 구멍 속으로
빨려 들어가는 흙탕물

비로소 강물은 차 오르고
부끄러움으로 벌개진 강의 얼굴 위를
쓰레기와 오물들이 흘러 내린다
목숨처럼 소중하게 여겼던 것들이
젖어 초라하다

속이 쓰리다
하지만 이해한다
난 나의 폭음暴飮을 좋아하진 않지만
이해하는 편이다

시답지 않다

내 알던 사람들
보고픈 사람들이 사라진다
사라진 사람들이 보고프다

계절 따라 산이 변해간다
구름 속에 추억이 묻히고
눈물의 골짜기도 잊혀져 가고
생각하는 나만 오롯이 남아
죽은 시를 살리자 한다

시가 시답지 않다
사는 게 시답지 않다

아무 생각도
하지 않으려
애쓰는 일

오히려 시답다

먼지와 너털웃음

생맥주 거품처럼 맛있게
스러지는 生이고 싶네
질곡의 굴레도 유리잔처럼
혀끝으로 핥으며
출렁이는 음악에 감싸여
오직 사랑과 사랑할 대상과 사랑의 방법만
생각하는 생생한
生이고 싶네

소망이 있다면
아주 작고 가벼워지는 것
먼지가 되는 것
그리하여 生을 요약하듯
땅에서 날아올라 잠시 허공에 머물다
다시 가라앉는 것
그 때는 너털웃음으로 함께 하리라

사랑이 가도

겨울 찻집의 고독이 끓어 넘쳐

거품의 바다가 되어도

사랑을 사랑하는 일은

그 열기의 뒷 그늘에 피어오르는 안개처럼

신비하리라

먼지와 너털웃음으로 요약된

생생한 나의 생生은

바람의 집

집을 짓지 않는 나는
마음대로 떠도는
바람을 그리워하네

바람 중에도
나무 잎사귀 지나온 바람
초록바람을 그리워하네
부드럽고 강하며
늙지 않는 너를 그리워하네

비를 맞으며
빗속에 안겨 참으로
편안했던 기억
그 기억의 언덕에 서서
오래도록 너를 부르네

너는 나를 촉촉히 젖어들게 하고
메마른 상처의 기억들 잊게 하고

거칠어진 마음 밭에 다시 씨 뿌려
튼실한 꽃대궁 꿈꾸게 하고

비가 내리면
그 비 다 맞고
날아오를 수 없는 지상에 남아
바람으로 짓는 집을 그리네
나뭇잎 향기 가득한 집
바람으로 기둥을 세운
쓸쓸하지 않은 영혼의 집을

미소에게

손잡아 일으켜
포근히 가슴에 품어주는 이 있다면
쓰러지는 존재란 없으리

헛되고 헛되도다
한 생각 쿵쾅거리다
이윽고 잦아진 후
우주의 가장 상큼한 기운
물안개로 끓어올라
꽃잎 열리듯 입술 열리고
비로소 번져와 가슴에 닿으리

새 세상이 시작되리
이야기꽃들 피어나리
존재를 움직여 피워내는 꽃
그대 사랑 담긴 눈가로부터

환한 사람

환한 사람 되고 싶다
어둠 탓이 아니라 스스로 환한
단아하며 은근히 밝아
움직이는 모든 것 모여들게 하는
그런 사람 만나 닮아가고 싶다

화난 사람 세상에 너무 많아
전화 받기 겁나고 마주치기 싫어
가만 앉아 입 닫고 귀 막고 살 수도 없고
환한 데서 환하게 안 되니 화가 났는지
샛길 찾고 빈틈 노려 찌르는 사람들

환한 사람 만나고 싶다
환하게 인사하며
환한 꽃 피우는 사람들
무슨 말을 해도 어떤 일을 해도

조용하게 은근하게 빛나는 사람

흔적

희미하지만
지워지지 않는다
마음 허허롭고 투명해지는 밤에
선명히 다가서기도 하는
두억시니 같은 것!

어이없을 때도 있지만
부인할 순 없다
핏자국처럼 못자국처럼
펄럭이다 찢겨나간 현수막 끄트머리마냥
내 몸 혹은 내 영혼 어딘가 남아
나를 증거 하는 것

기억의 실마리 붙잡고
나를 옭아 울게도 하는 것
지우려 헛발질 하지 말고
꼭 안고 웃어보자고
귀뚜라미 소리로 다짐하며

바라본다

뒷다리가 뻐근하다

이상한 나라

군대생활 하던 한 때
난 이상한 욕설의 나라에 살았었지
모든 대화가 욕으로 시작해서 욕으로 끝나는
욕설로 해가 뜨고 지는
야릇한 쾌감과 모멸감이 교차하는
무차별한 배설의 나라에 살았었지

난 보았네
말이 쓰레기가 되면
어떤 냄새가 나는지
어떻게 색깔이 변하고 쌓이는지
플라스틱처럼 썩지 않는 것도 있어
어떻게 사방을 찌르며 다니는지

뱉아 버리고 토해 버려야만
지탱되는 외롭고 허약한 영혼들
신비롭고 무서운 입들을 보았네
갈기갈기 찢겨 펄럭이며 날아다니는

말들의 세상

비워지는 건지 채워지는 건지
경계가 불분명한 신비의 나라
세상 전화기마다 착 들러붙어
떨어지지 못하는 사람들
혼자서 웅얼웅얼
웃기도 울기도 하는
아! 이상한 말의 나라

4월, 와수리

네가 떠난 2월에 내리던 눈송이들이
어느새 꽃송이로 변해버렸다
가지마다 돋아난 새순들로
일렁이는 저 거대한 초록 파도

고단한 해가 져도
사방에서 수런대며 깨어나는 것들이
기억을 들쑤셔 잠 못 들게 하고
난 바람 속에 흔들리는 별들 보며 술 마신다

이슥도록 눈 깜빡이는 별들아
개구리 소리 베개 삼아
이제 그만 자자꾸나

내 잠의 속살을 갉아먹는
딱정벌레들아
오늘은 이제 그만 멈춰 주려마

믿기 싫어 밤새 친 도리질로
멈춰선 저 광대한 새벽풍경
네가 있던 1월에 받은 메시지들이
어느새 이슬로 변해버렸다

큰 물음표

생각이 많아지면
말도 잠도 끊어지는 걸까
너무 하다 너무 하다
백지 위에 펜 잡고 씨름하다
결국 멈추고 말았을 큰 물음표 하나

사람에게 받은 상처
조직의 쓴 맛 단 맛 다 알만한 나이에
무엇을 위해 팽개칠 수 있는 걸까
자존감 책임감 사명감
그럴듯한 말 다 대보아도
결국 알 수 없는 사람의 마음

알 수 없어서
알고 싶지 않아서
같은 하늘 아래
책임 없는 건 아니기에
버리고 떨쳐내지 못한 미안함 측은함

미안하다 미안하다 미안하다
까마득히 흘러라 시간의 강물

어떤 갈림길

비 구죽죽 내리고 차 막힌다
(그는 나이 마흔 다섯의 남자였다)
음악을 틀어 보지만 짜증난다
(먹고 살기 힘들어 가끔 짜증도 냈다)
길은 좁은데 차가 너무 많아
(제기랄 세상엔 돈 많은 놈들이 너무 많아)
고속도로고 지방도로고 다 이 모양이니
(휴일이라 놀러 다니는 것들 때매 일을 못 본다니까)
슬슬 차들이 제 속도를 내기 시작한다
(습관처럼 그는 가속 페달을 밟는다)
테이프 바꿔 끼고 잠시 음악을 듣는 사이
(앞 차가 꾸물거리자 급히 추월해 나가는 사이)

순간의 변화는 냉정했다
그의 가슴에서 불꽃같은 절규가 튀어 오르며
봉숭아 꽃물처럼 흘러 내렸다
그리고 잠시 눈동자에서
한 많은 생의 기억이 지워져갔다

누군가 갓길에 차를 세우고 구역질을 했다
저만치서 앰뷸런스가 흐느끼며 달려온다
얼마간 체증이 반복되고
아스팔트 위엔 모래가 뿌려진다
아직 내 귓가엔 음악이 살아 있다

환한 슬픔, 환한 사람

김 개 영
(문학박사 · 소설가)

환한 슬픔, 환한 사람

김 개 영
(문학박사 · 소설가)

　장승진 시인을 처음으로 만났던 때가 생각난다. IMF로 온 나라가 시끄러울 무렵, 나는 고향인 고성에서 공익근무로 군복무를 대신하고 있었다. 지루한 도시, 귀양이라도 온 듯한 기분으로 하루하루를 버티다가, 영북지역 시동인인 '시마을 사람들'을 알게 되었다. 공교롭게도 어떤 카페 화장실에서 시마을 사람들 회지를 읽게 된 것이다. '소화(小花)'라는 이름을 가진 카페였는데, 화장실이 무척 깨끗하고 아늑했던 것으로 기억한다. 나는 당장 전화를 걸어 모임에 참여할 뜻을 밝혔다. 첫 모임, 장승진 시인은 다소 늦게 도착했는데, 양구에서 출발해 막 미시령을 넘어왔다는 것이다. 그때 첫 인상은 송아지처럼 큰 눈을 가져서 그런지 조금은 양서류(?)같다는 느낌이었다. 피부색은 검은 편이었다. 말레이시아에서 한국어교육 파견근무로, 얼마 간 살다오니 그렇게 되었다고 시인은 농담을 했다. 그러고보니 전통모자인 송콕을 쓰면 영락없는 말레이시아 사람처럼보일 듯도 싶었다. 명색이 영어교사가 말레이시아에서 영어를배웠다고 누군가 농을 하자, 시인은 덕분에 말레이어도 할 수있게 되었다고 응수했다. 먼지 날리듯 허허로운 너털웃음을 지으면서 말이다. 뭔가 잔뜩 나이든 사람 같기도 하고, 어딘가 소년다운 순박함도 묻어 있는 웃음이었다. 그때 나는 20대 초반의 애송이였고, 그때 장승진 시인은 지금의 내 나이 쯤 되었을것이다. 40대의 나는 그때의 시인처럼 세상에 초연하기도 하면서도 태생의 순수함을 가진 그러한 웃음을 지을 수 있을까, 문득 이 글을 쓰며 생각한다.

'시마을 사람들'이 해마다 주최했던 청소년문학캠프에서였던 듯하다. 새벽녘 설 깬 상태로 밖에 나갔다가 시인의 뒷모습을 본 적이 있다. 밤새 통음하였으므로 모두가 골아 떨어졌을때였다. 시인은 뒷짐을 지은 채 자욱하게 깔린 안개 너머로 막사라지고 있었다. 세상을 대하는, 혹은 세상에 처한 시인의 삶을 훔쳐본 것 같은 느낌이었다. 모두가 잠든 새벽길을 홀로 걸어가는 삶. 분주한 일상과는 다르게 흘러가는, 함부로 사람들에게 보여주지 않는 시인 몰래의 삶. 문득, 지난 밤 멋들어지게불렀던 시인의 '18번'이 떠올랐다. 김남조의 시 「그대 있음에」

에 곡을 붙인 노래였다. "오, 그리움이여/ 그대 있음에 내가 있네/ 나를 불러 그 빛에 살게 해" 노래의 마지막 구절이었다. 시인이 부르는 이 노래는 언제 들어도 일품이었다. '그리움'이라는 정서가 시인의 삶과 시인의 시편들을 설명하는 키워드이기 때문은 아닐는지. 지금 생각해보면, 시인의 시세계를 관통하는 '슬픔의 힘'이 그 곡조에 서려 있었던 것은 아닌가도 싶다.

*

장승진이 두 번째로 상재한 시집 『환한 사람』은 슬픔의 힘이 어떻게 영혼의 고양과 생의 추동으로 전화되는지를 보여준다. 특히, 슬픔 중에서도 그리움의 정서가 주를 이룬다. 그리움은 대개가 '부재' 혹은 관계의 끊어짐에서 비롯된 상실의 고통이다. 홀로됨을 온전히 견뎌야 하는 그리움은 단독자로서의 '자아'를 실감게 하는 감정이기도 하다. 시인에게 그리움은 세상에서 "가장 슬픈 병"(「열목어」)이며, 죽음이 아니면 떨쳐낼 수 없는 고통의 근원이다.

> 이 흐린 가을
> 밤이 오는 길가에 은사시나무로 서서
> 나뭇잎 옷자락마다
> 잔뜩 부푼 바람을 안았다가

쏴르르 쏴르르 쏟아낼 수 있었으면

원망도 기대도 투정도
남김없이 비워내고 다시 으스스 몸 떠는
은사시나무로 서서
불러도 오지 않는 그대에게
환장할 수 있었으면

(…)

바람을 벗고 떨림을 벗어나
조용히 썩어갈 수 있었으면
내 그리움에 복수할 수 있었으면

- 「가을 은사시나무」 부분

시인은 가을 은사시나무가 되어 나뭇잎을 바람에 모두 쏟
아버리고 싶어 한다. 나뭇잎은 그리움이 깊어져 타들어갈 대로
타들어간 마음을 의미한다. 남김없이 자신을 비워내고, 헐벗은
채 바람에 떨며 서 있을 때에야, 시인은 '불러도 오지 않는 그
대에게 환장' 할 수 있다고 말한다. 그리움이 얼마나 사무치길
래, 그리움의 마음을 다 털어내야만 상대를 환장하도록 사랑
할 수 있다고 말할 수 있을까? 이러한 과장과 반어의 어법은

나머지 두 연에서 더욱 극대화된다. 시인은 조용히 썩어가는 은 사시나무가 되고 싶다. 바람이 불어와도 더 이상의 떨림이 없 는 상태, 즉 죽음의 상태에 이르고자 하는 것이다. '떨림'은 생 명 있는 존재만이 갖는 현상이다. 떨지 않는 하얀 은사시나무, 그것은 그대로 백골의 이미지를 띤다. 죽음 후에도 한참의 시 간이 지나야 비로소 그리움은 떨어져나간다.

여기서 죽음은 육체적인 죽음으로만 해석될 수 없다. 희노애 락애오욕의 감정이 거세된 상태, 영혼의 오감이 사라진 상태라 할 수 있다. 그러니까 그것은 무심(無心)의 상태, 즉 영혼의 석 화를 의미한다. 그것은 불교의 공(空)과는 다른 의미이다. 공은 일체의 분별이 거부되는 상태이다. 너와 나, 나와 세계가 분별 없이 하나인 것을 뜻한다. 공은 인식과 의지의 능동성으로 충 만하다. 반면 무심은 '알아차림'의 끈을 놓은 상태이다. 흙이 나 바위처럼 엔트로피 제로의 상태에 놓이는 것을 의미한다. "억장이 다 무너진 다음엔 오히려 평화로운 거"(「귀뚜라미」)라 는 전언처럼 시인은 차라리 어떤 마음의 '폐허'를 원한다. 그리 움은 어쩌면 마음의 지옥일 수 있다. 보고 싶은 사람을 보지 못 해 들끓는 마음, 그래서 그리움이 세상에서 '가장 슬픈 병'이 며 그 병을 떨쳐내기 위해서는 무심, 즉 영혼의 죽음이 필요한 지도 모른다.

봄이 되면 나무들도 술을 마시네

하얗게 노랗게 빨갛게
색색으로 벌린 입술로 술을 마시네
갓 나온 풀대궁들도 아침부터 취해
한결같이 구슬픈 노랠 부르네
기쁜 일이 폭포처럼 쏟아질 것 같은
왠지 그런 햇살 속인데
목울대가 부풀도록 서러운 것은
몰라 그래서 바람이 부는지도 몰라

(…)

흔들리며 가는 세상이라고
노여움도 흔들리다 햇볕 속에 잦아들거나
빈 어스름 베고 산허리에 기대면
몰라 그렇게들 잠드는지 몰라
눈뜨면서 잊으면서 사는지 몰라
봄이 되면 나무들도 풀대궁도
하물며 돌들도 술을 마시네
술 취한 입술들 일제히 벌리고
파도 소리처럼 우레 소리처럼
들을수록 눈물 나는 노랠 부르네.

    -「그해 봄 아지랑이」 부분

아지랑이는 봄날의 풍경을 온통 비틀거리게 만든다. 시인의 눈에도 눈물이 고여 있었다면 바깥 풍경은 더더욱 일렁였을 것이다. 이러한 시각적 왜곡을 시인은 모두 취해 있는 모습으로 그린다. "기쁜 일이 폭포처럼 쏟아질 것 같은 왠지 그런 햇살 속"인데, 꽃, 풀대궁, 나무, 심지어 돌마저 "목울대가 부풀도록" 서럽게 울며, "파도 소리처럼 우레 소리처럼 들을수록 눈물 나는 노래"를 부른다. 생명의 향연으로 들떠 있어야 할 봄의 들판은 온통 술 취한 자들의 통곡소리로 가득하다. '새 새끼'들마저 지겹게 울어댄다. "모두들 엉망으로 취해 있네 있어야 하네"라는 당위적 진술은 시인의 심리상태를 더욱 처절하게 보여준다. 취해 있어야 하는 이유는 뭔가를 혹은 누군가를 "눈 뜨면서 잊으면서 살"아가야하기 때문이다.

시인의 감정이 봄날의 풍경에 투영된 것에 불과하다고 말할지 모른다. 시인이 취해 울고 있으며, 슬픈 노래를 부르고 있다고 생각할지 모른다. 그러나 자연이, 우주가 시인과 함께 하고 있다면? 시인과 같이 술을 마시고 울며, "들을수록 눈물 나는 노래"를 부르고 있다면? 봄은 슬픈 시인이 되고 시인은 슬픈 봄이 된다. 이것은 단순히 물아일체의 관념과는 다르다. 물아일체의 의미는 달관이며 낙관이다. 그 개념에는 개별자인 인간이 없다. 인간사에 무심한 대책 없는 긍정만이 있을 뿐이다. 그러나 이 시에서 우주(자연)는 자신의 무한성을 내려놓고 자연물의 모습으로 화해, 한 인간의 고통에 스며든다. 시인과 함께 아파하고 있는 것이다.

노란 마타리꽃 한 가지
가슴에서 탑니다
태풍 뒤에 찾아온
때록때록한 가을볕 속에서보단
벌레소리 가득한 밤에
더 아프게 탑니다

당신은 너무 멀리 있어
만날 수 없지만
자잘한 꽃송이 노란 등불로
내 맘 산자락마다 서 있습니다
서서 끝없이
한들거립니다

한 때 분노의 힘을 믿었고
지금 슬픔의 힘을 믿고 있듯
무더위 가고 밤벌레소리 시작되면
어김없이 피어나
내 심지를 태우는 당신

난 또한 그리움의 힘을 믿습니다.

－「마타리꽃」 전문

156

마타리꽃은 산자락 어디서나 볼 수 있는 흔한 꽃이다. 그런 꽃 한 가지가 시인 가슴으로 들어온다. 풀벌레소리 가득한 가을밤의 마타리꽃. 꽃은 피어 있는 것이 아니라, 불꽃처럼 타고 있다. 한바탕 생장의 열기가 지나간 계절, 그것도 한밤에 그 꽃은 더더욱 '아프게' 탄다. 가을은 고독의 계절이며 밤은 홀로됨의 시간이다. 시인은 마타리꽃이 '노란 등불'이 되어 자신의 내면을 밝히고 있다는 사실을 깨닫는다. 그 등불은 그리움이라는 '슬픔의 힘'으로 '내 맘 산자락마다' 피어 있다. 시인은 한때 분노의 힘을 믿었다고 고백한다. '너와 나'를 갈라놓은 운명의 냉혹함에 대한 분노였을 것이다. 그것은 횃불이 되어 어쩌면 시인의 마음을 깡그리 태워버렸을지 모른다. 하지만 그 검은 폐허 위에도 어김없이 마타리꽃은 피어났을 것이다. 곳곳에 등불을 밝히고 검게 탄 마음을 따스한 빛으로 물들였을 것이다. 그런데 그 등불은 시인의 심지에서, 시인을 아프게 하면서 타오른다. 시인을 아프게 하되, 시인의 마음을 환하게 비추는 아이러니, 그것은 슬픔이 가진 힘의 정체인지 모른다.

네가 떠난 2월에 내리던 눈송이들이
어느새 꽃송이로 변해버렸다
가지마다 돋아난 새순들로
일렁이는 저 거대한 초록 파도

고단한 해가 져도

사방에서 수런대며 깨어나는 것들이
기억을 들쑤셔 잠 못 들게 하고
난 바람 속에 흔들리는 별들 보며 술 마신다

이슥도록 눈 깜빡이는 별들아
개구리 소리 베개 삼아
이제 그만 자자꾸나

내 잠의 속살을 갉아먹는
딱정벌레들아
오늘은 이제 그만 멈춰 주려마

믿기 싫어 밤새 친 도리질로
멈춰선 저 광대한 새벽풍경
네가 있던 1월에 받은 메시지들이
어느새 이슬로 변해버렸다.

　　－「4월, 와수리」 전문

　이별의 슬픔이 고조되어 있으면서도 차분한 어조를 잃지 않고 있는 작품이다. '네'가 떠나던 추운 2월의 눈송이는 이제 4월이 되어 꽃송이로 변해버린다. 떠나간 '너'로 인해 시인은 밤새 도리질을 치며 "이슥토록 눈 깜박이는 별들"처럼 잠을 이루지 못한다. 이 시에서 이별의 슬픔을 더욱 애절하게 만드는 구절은 마지막 연에 있다. 떠나가기 전, '너'의 흔적으로 남은 마지막 메시지를 시인은 지워버린다. 그러나 메시지는 그냥 지워져버리는 것이 아니다. 메시지는 새벽이슬로 변해있다.

기실, 시인에게 자연물은 떠나간 이의 흔적이자 현현이라고 할 수 있다. 앞서의 마타리꽃이 대표적이다. "그리움 가슴에 맺혀 먼 산을 바라보다가/보슬비 촉촉한 봄날 오후에 모종을 심었지요/땀방울 배어나와 빗방울과 만나고/눈물도 몇 방울 뿌리 근처에 떨어졌어요"(「방울토마토」)라는 구절을 보자. 그리움에 사무쳐 시인은 토마토 모종을 심으면서 눈물도 몇 방울 떨군다. 방울토마토는 "멧새알 만한 주홍색 송이로 탐스"럽게 자란다. 슬픔이 탐스런 열매를 맺게 만드는 것이다. 동시에 시인은 자신의 "마음 속 보이지 않게 뿌리 묻고 자라는" 방울토마토 한 그루를 발견한다. 시인은 그것을 '내 사랑의 방울토마토'라고 명명한다. 그리움이 시인의 마음속에서 여전한 '너'를 만들어 내는 것이다. "사람이 죽으면 아까운 기억" 또한 어디로 사라지지 않는다. "무덤에 풀잎 되어 자랄" 수 있고, "공중에 새 되어 날아"다닌다. 수수이삭이라는 자연물은 "문맹에도 빛나던 할머니의 기억들"이 되기도 한다.(「수수떡」) 해마다 피어나는 진달래꽃은 난리통에 돌아가신 할아버지의 초라한 상여를 증거하는 대상이 된다.(「진달래꽃」) 물론, 이러한 흔적은 "희미하지만 지워지지 않"으며 오히려 "마음 허허롭고 투명해지는 밤에 선명히 다가서기도 하는 두억시니 같은 것"(「흔적」)

이 되어 때때로 시인의 밤을 엄습한다. 그러나 그리움의 대상은, 혹은 그리움의 흔적은 이 우주 어디에나 있다, 아니 있다고 시인은 느낀다. 시시각각 변하는 자연물에서 시인은 그것들을 아프게 포착해낸다.

『산해경』이라는 중국 신화집을 보면 가슴 뚫린 종족을 소개하는 내용이 있다. 이들 종족은 문학작품에서 슬픔의 비감을 전달하는 소재로 종종 등장한다. 얼마나 큰 슬픔이 이들 종족의 유전자에 깊이 박혀 있길래 가슴이 뚫려 있을까. 그 뚫린 가슴으로 바람이 통과하면 세상에서 가장 슬픈 곡조가 만들어지리라. 시인에게도 "가슴 복판에 눈물 많은 나무 한 그루"가 있다.(「자화상」) 말할 것도 없이 그것은 뚫린 가슴에 견줄 만한, 시인의 가슴에 남은 강고한 슬픔의 내력이다.

같은 시에서 시인은 "바람을 꿈꾸는 사내"이고 싶어 한다. 슬픔과 바람, 어떤 관계가 있을까? 풍화(風化)라는 말이 있듯이, 사라지는 것은 실은 바람이 되는 것이다. 그렇다면 바람을 꿈꾼다는 것은 슬픔이 풍화되기를 바라는 마음이 투영되어 있는 것이라 할 수 있을까? 무화(無化)에의 욕구로 단순화시킬 수 있을까? 시인에게 바람은 늙지 않는 존재로 인식된다.(「나이」, 「바람의 집」) 바람이 늙지 않는다는 구절은 전작 시집에도 종종 등장한다.(「바람의 도시들」 등) 눈물 많은 나무 한 그루를 가슴에 품은 시인은 왜 바람이 되고 싶어 하며, 왜 하필이면 그 바람은 늙지 않는 속성을 가지고 있을까?

앞서 뚫린 가슴을 통과하는 바람을 말했거니와, 바람은 어쩌면 슬픔의 곡조를 영원히 간직하고 있는 존재인지 모른다—바람의 소리를 떠올려 보라. 늙지 않는다는 것은 변하지 않는다는 것, 그러니까 언제나 그 모습 그대로라는 것을 의미한다. 앞서도 말했지만 슬픔의 기억은 "희미하지만 지워지지 않"으며, 가끔은 "선명히 다가서기도 하는 두억시니 같은 것"(「흔적」)이다. 슬픔의 강도 또한 마찬가지이다. 결코 약해지거나 사라지지 않는다. 슬픔은 풍화되지 않고 낡지 않는다. 바람 그 자체가 되어 영원히 아픈 곡조를 연주해낸다. 슬픔의 힘은 이 지점에서 탄생한다. 잊지 않겠다는 것, 변하지 않겠다는 것, '너'가 영원히 '나'를 떠났어도 '너'는 늘 저 시시때때로 변하는 풍경 속에서, 내 마음 속에서 늘 피고 진다는 사실을 '나'는 아프게, 늘 아프게 인식하고 있으리라. 이제 그만 잊고 살라는 세상 사람들의 값싼 위로와 타협하지 않은 채, 시인은 "기억의 언덕에 서서 오래도록 너를 부르"며 "날아오를 수 없는 지상에 남아/ 바람으로 짓는 집", "바람으로 기둥을 세운/ 쓸쓸하지 않은 영혼의 집"을 짓고자 한다.(「바람의 집」) 슬픔이 마르지 않는 한, 시인의 영혼은 영원히 늙지 않으며 '너' 또한 영원히 사라지지 않는다. '너'에 대한 기억을 영혼으로 삼은 바람은 한시도 그치지 않고 자연 만물에 깃들어 '너'를 현현해 보이기 때문이다.

간절한 눈길로

그대 바라보는
한 사람 있다면
힘껏 살아야 한다

풀꽃에게라도
눈길 정성 주며
살아봐야 한다

젖은 눈길로 나를 바라보는
저 초롱한 잎사귀들 보아라
살아보려고
모질게 들어올리는
저 순결한 모가지들을 보아라

– 「봄비 속에서」전문

  떨어지는 빗줄기 때문에 잎줄기가 언제 꺾일지 모르는 어린 잎사귀들, 하지만 그들은 살아보려고 모질게 모가지들을 들어 올린다. 그 모습을 보며 시인은 '풀꽃' 같은 미물에게라도 '눈 길 정성'을 주며 끝내 살아내야 한다는 결론에 다다른다. 시인 은 어쩌면 그러한 미물들에게서조차 "내 마음의 중심을 환히 내어"(「응시」)준 것만 같은 느낌을 받았으리라. 눈길은 대상의 호명(呼名)이다. 존재의 의미를 부여하는 행위이다. 누군가의 눈길이 없으면 우리는 한낱 사물에 불과한 존재가 된다. 그 눈길을 깨닫는 순간, 우리는 관계의 그물망에서 벗어나고자 하는 충동을 억누를 수 있다. 바람이 되고 싶어 하는, 그리하여 그 촘촘한 그물망을 자유자재로 넘나들고 싶어 하는 시인에게 그 '간절한' 눈길은 단단한 닻처럼 시인을 생의 한 자락에 머물게 한다.

　기본적으로 슬픔은 우울의 정서이다. 우울은 예술가에게 영감의 원천에 닿을 수 있는 기적을 만들기도 하지만, 한편으로 생의 산화를 앞당기는 타나토스의 욕망이기도 하다. 그러나 이 시의 시선은 모질도록 숭고한 여린 생명의 눈길을 닮았다. 생의 우울을 건너는 방법으로 시인은 누구에게나 닿아 있을 그 누군가의 '눈길'을 제시하고 있다. 누군가의 눈길에 화답하는 것은 또 다른 누군가에게 눈길을 주는 것이다. 그 무엇에 대한 간절함은 그 무엇을 살아내게 한다. 시인은 또 다른 시에서 다음과 같이 말한다. "세상의 생명들이/눈 뜨고 날 바라본다 나무도 새도 꽃도//정말 잘 살아야겠다".(「응시」) 앞서, 그리움의 대상이 자연물을 통해 나타난다고 말한 바 있는데, 어쩌면 시인에게 눈길 또한 그런 존재들의 가피와 응원의 현현은 아닐는지.

　　온의동에서 난
　　늘 따뜻함이 그리웠다
　　타다 꺼진 연탄 밑에 숯덩이 몇 개 넣고

책받침 열심히 부채질해 밀어 넣던
간절한 바람

냉방에 누워서도 난
그 바람을 생각했다
손을 부비며 쓴 편지들이
그 겨울 눈을 타고 하늘로 가고
난 그 말들이 이듬해 봄에
꽃으로 내려오기를 빌었다

그런 어리석음으로 난
이제껏 시를 쓰고 있다
얼음장 터지는 소리 꽝꽝 들리는
인생의 어느 고비에서도
그 바람으로 다시
따스해질 수 있음을 믿기에.

           ―「온의동 바람-춘천생각 2」 전문

　앞선 시편들에서 살펴봤듯이, 바람은 시인의 작품 세계를 설
명하는 중요한 메타포이다. 주로 '늙지 않음'의 성격을 가지
고 있던 바람은 위의 시에서 불씨를 살리는 존재로 변주된다.
바람 그 자체는 온기를 가지고 있지 않지만 불꽃을 더 활활 타
오르게 한다. 바람은 "손을 부비며 쓴 편지들"의 말이 "이듬해

봄에 꽃이 되어 내려"오게끔 하는 그 무엇이기도 하다. 즉, 차가움을 따뜻함으로 변화시키는 매개가 된다. 그러한 바람에 대한 믿음으로 시인은 "이제껏 시를 쓰고 있다"고 고백한다. 하늘을 향한 '편지쓰기'는 떠나간 자에 대한 그리움의 표현이며 '봄날의 꽃'은 그 응답이다. 그리움의 말들이 이듬해 봄꽃으로 내려오는 것은 슬픔의 시화(詩化)를 의미한다. 그렇다면 그에게 시쓰기는 불씨를 살리기 위해 간절히 바람을 불어넣는 행위라고 할 수 있다. 무엇의 불씨인가? 그것은 죽어가는 영혼에 온기를 불어넣을 수 있는 삶에의 뜨거운 욕망이다.

앞서 바람은 영원히 늙지 않는 존재이며 슬픔을 영혼으로 삼고 있다고 말한 바 있다. 슬픔의 고통을 간직한 바람은 외려 생의 욕망을 불러일으켜 시라는 집을 짓게 만든다. 욕망을 타오르게 한다는 점에서 바람은 젊음의 속성을 가질 수밖에 없다. 슬픔의 정서(Thanatos)가 생의 욕망과 만나는 이 기이한 지점에서 장승진의 시세계는 열린다. 한번쯤 삶이 슬픔의 바닥을 쳐본 적이 있는 사람은 알 수 있으리라. 진정한 기쁨은 슬픔에 빚지고 있다는 사실을. 슬픔의 힘을 가진 사람만이 누군가를 진정으로 '환대'할 수 있으며 또한 열렬히 '환장'할 수 있다는 사실을.

(…)
오직 사랑과 사랑할 대상과 사랑의 방법만

생각하는 생생한
生이고 싶네.

소망이 있다면
아주 작고 가벼워지는 것
먼지가 되는 것
그리하여 생을 요약하듯
땅에서 날아올라 잠시 허공에 머물다
다시 가라앉는 것
그 때는 너털웃음으로 함께 하리

  －「먼지와 너털웃음」 부분

　이 시는 사랑에만 집중하는 "생생한 生"을 꿈꾸면서도, 먼지
가 되고 싶다며 소멸을 이야기 한다. 늘 분주하게 살아온 시인
은 이젠 당위와 의무가 주가 되는 삶이 아닌, 매순간 생생히 진
동하는 삶과 사랑을 꿈꾸고 싶은 것인지도 모른다. 무엇에도
얽매이지 않는, 괜히 어깨에 힘주거나 고압적이지 않은, 그동
안 삶을 덮고 있던 많은 수식과 짐을 일시에 내려놓는, 아주 작
고 가벼운 먼지 같은 삶을 살고 싶은 것인지도 모른다. 시인에
게 소멸은 사라지는 것이 아니라 단지 가벼워지는 것이다. 이제
시인은 소멸을 두려워하지 않게 된 것이다. 상실의 고통이라 할
수 있는 그리움은 매순간 '사랑'으로, 생생한 '生'으로 날아오

른다. 가라앉아야 그것들은 날아오를 수 있다. 소멸에 이르러서야 더 높이 날아오를 수 있는 것이다.

*

　노자의 『도덕경』에는 염소를 묶어 둔 대추나무에 대한 일화가 나온다. 성질이 고약한 염소는 고삐를 당기고 머리를 박으며 대추나무를 흔들어 괴롭힌다. 그럴수록 대추나무는 오히려 더 많은 열매를 맺는다. '귀생사지, 선섭생자 이기무사지(貴生死地, 善攝生者 以其無死地)'라는 말은 이 이야기에서 나왔다. 섭생과 대비되는 귀생(貴生)이란 고통 없는 편안한 삶을 의미한다. 그러나 귀생은 결과적으로 삶을 망친다. 안락과 평안은 영혼의 부패를 가져온다. 타인의 고통에 무감각하게 만든다. 위의 문구를 그대로 번역하면 귀생을 사는 자는 죽음의 땅에 쉽게 이르지만, 섭생을 잘하는 자는 그렇지 않다는 의미이다. 이 말은 단순히 육체적 건강을 의미하는 것이 아니다. 섭생은 마음에게도 필요하며, 마음의 섭생을 이룬 자들은 인생의 고비에서 맞닥뜨리기 마련인 '마음 지옥'에서 쉽게 벗어난다.
　시인의 시편들은 슬픔의 힘이 가져온 섭생의 흔적이다. 슬픔이 시인의 온 삶을 흔들고 있지만 그의 시편들은 조팝꽃처럼 환하다. 그의 표정과 말은 늘 둥글둥글해서 그 앞에 서면 그 어떤 날선 마음도 기가 꺾인다. 이 시집은 그런 시인의 부드러운 성품을 그대로 보여주고 있다. 덕분에 그의 시는 결코 어둡거나 우울하게 느껴지지 않는다. 오히려 시간을 두고 곱씹다보면 어느새 그의 시가 '마타리꽃'처럼 우리의 마음을 따스하게 물들이고 있다는 사실을 알게 된다. 노란 등불처럼 타오르는 그 꽃을 따라가다 보면, 환한 얼굴 하나를 만날 수 있을 것이다. 그는 "어둠 탓이 아니라 스스로 환한/ 단아하며 은근히 밝아/ 움직이는 모든 것 모여들게 하는"(「환한 사람」) 그런 사람이다.

시와소금 시인선 064

환한 사람

ⓒ장승진, 2017, printed in Seoul, Korea

1판 1쇄 발행 2017년 10월 30일
지은이 장승진
펴낸이 임세한

디자인 유재미 정지은
펴낸곳 시와소금
출판등록 2014년 1월 28일 제424호
주 소 강원 춘천시 충혼길20번길 4, 1층 (우-24436)
편집실 서울시 중구 퇴계로50길 43-7 (우-04618)
팩스겸용 (033)251-1195 / 휴대폰 010-5211-1195
이메일 sisogum@hanmail.net
ISBN 979-11-86550-56-4 03810

값 10,000원

─ 강원 지속발전의 열쇠, 문화올림픽 구현 ─
* 이 시집은 강원도, 강원문화재단의 후원금으로 발간되었습니다.